Nocturne

夜歌

文爱艺诗集

文爱艺　著

浙江出版联合集团
浙江人民美术出版社

目录

序

余兮

文爱艺是坚守用艺术感受世界、赞美世界、对抗世界、期待世界更美好的优秀诗人。他从小精读古典诗词，十四岁开始发表作品，目前共出版著述两百余部。

二〇一六年一月九日，文爱艺先生受邀从襄阳赶到我的第二故乡——桐乡，在伯克书店（Booker）一起读诗。我们一起缅怀过去的诗意生活，享受、创造着当下的诗意。文爱艺先生在读诗会上说："读书是为了完善人格，增强生存本领。写作是为了传递思想。追求真善美，才是写作的终极目的。"我深表认同。

这是我第一次见到诗人文爱艺，那个在诗集封面上的浪漫洒脱的诗人就在我们的读诗会上儒雅端庄地出现了！

诗人文爱艺从二〇一六年起，每周写一首夜歌，共创作了五十二首，蔚为大观，结集定名为《夜歌》。我有幸在二〇一七年四月收到了诗人文爱艺发给我的《夜歌》草稿，于是工作之余连续数夜拜读。

白衣的纯洁少年，在青春的黑夜
用热血铸就一部夜歌
岁月经过了无数轮回，依然用真诚浇筑

因为纯洁，命定冰冷相随
不愿同流合污，注定孤独
——《夜歌之一》

《夜歌之一》中，从夜的深处走来了一位满怀青春热血的纯洁少年，夜中的少年用真诚的心灵在宁静中歌唱，用夜歌唱出孤独与寂寞、迷茫与彷徨、理想与追求。诗人开篇给夜歌定调：在宁静中，坚守孤独与寂寞，用真诚守护青春理想的纯洁，一曲青春挽歌之后，发出新的呼唤。

寂静无边
稀闻的惊雷，孕育着春雨

静静地聆听
革命时时都在震动

别在黎明前焦虑曙光
享受黑暗无边的漫漫长夜吧

静静地隐形你的悲喜
夜会在碰撞中契合
——《夜歌之二》

即使在漫漫长夜，不要焦虑，不要悲伤，生命的品质在其中成长。惊雷依稀，春雨缠绵……理想的崇高，不在于谋求外在照亮你的光明，而在于你在黑夜中是否积蓄能量，发出光亮，照亮自己，照亮他人，照亮世界！

静是最奇妙的声音
于无声处激荡

流韵奔泻而出
美妙之声纷涌

袅袅余韵随风而逝
岁月溢出深绿
——《夜歌之三》

我们需要同道人，现实中，人人都怀抱各自的理想，等待观望。“静是最奇妙的声音”，看似悖论，却抒写出人在冷漠的观望里，其实是在积蓄着能量，“于无声处悄然激荡”。“人很多”，“却都毫无关联”，于是“对应的很少”。只需其中的一个理想主义者发出爱的邀约，行动起来，就有力量携手走过黑夜。“行动／才是最好的眷顾”（《夜歌之五十》），只有行动才能眷顾青春纯洁的理想，将理想化为现实！

文爱艺先生有论诗语录：“真、善、美，是一切艺术的出发点，又是一切艺术的终点。”“诗天然地具备反对假、恶、丑，并且天然地拥有战胜假、恶、丑的力量！”“对假、恶、丑的批判，就是对真、善、美的张扬！”“诗的终极目的，就是提升人的审美水平和价值观，从而滋养人的精神。”

《尚书·尧典》：“诗言志，歌永言，声依永，律和声。八音克谐，无相夺伦；神人以和。”

《庄子·天下篇》：“诗以道志。”诗是言说人的思想情感的，是人的志趣和情感的表达。

《毛诗序》：“诗者，志之所之也。在心为志，发言为诗。情动于中而形于言。”

诗人文爱艺承传着“诗言志”“诗缘情”的诗歌传统，有着传承经典、追慕古风、抒写诗意生活的雅致达观的情怀。

诗人文爱艺说：“诗言志，言情的实质，依然是言志。”

写景、抒情、言志是中国古典诗歌的经典样式，“一切景语皆情语”、借景抒情、情景交融、虚实相生的美学创造对于读者具有广泛的吸引力。秉承着这些经典传统精神的诗歌，读来深入浅出、形象生动、如沐春风，心与心相激荡，情感与情感相交流，使人身心愉悦！

诗人文爱艺通过细腻的慧眼和敏感的心灵，借助妙笔将内心酝酿的情感与思考的智慧果实镶嵌在五彩缤纷的意象之花中，奉献给读者，拨动读者的心弦，畅快地行走在诗意与豁达的人生之旅途中……

诗人文爱艺曾经在其译著诗集《风中之心》自序中说：“诗是人类最古老而又最年轻的抒吐情怀的方式，它伴随生命而来，成为提升生命质量不可缺少的一部分。”

有人可能会说诗人文爱艺的作品，手法不够“现代”，内容不够新奇，思想不够超前。而这些正是诗人文爱艺有意摒弃的。文爱艺先生耗费二十余年的时间，研究现代派，研究现代派的鼻祖波德莱尔和他的现代派的奠基之作《恶之花》，并翻译出版了《新译〈恶之花〉全编（赏析版）》，目前已发行9版之多。文爱艺先生认为：“（对现代派）误读的结果，使原本与大众血肉相连的文学，远离大众，也因此被大众所唾弃。”“我们无需标榜现代派，给自己贴上现代派的标签，我们只需用灵魂去体验、去发现、去表现我们所处的时代，去体味灵魂的需求，去张扬人性之美，去鞭挞人性之恶！”（《新译〈恶之花〉全编（赏析版）》跋）

作为曾经被古典诗词和传统文化及异域文化滋养的白衣少年，他敏锐地从生命之旅中感知人生的惊喜和哀愁、浪漫与现实、追求与幻灭……如诗人早期诗集的书名《梦裙》与《春祭》、《太阳花》与《寂寞花》、《成群结队的梦》与《流逝在花朵里的记忆》……

诗人在生活中、思考中、写作中不断地成长与追求，他对诗歌风格的追求，更是人生的追求！

文爱艺说："人品的高度决定作品的生命度！""人品不是虚空的简易扬贬的评估，而是建立在坚定地代表着人类进步思想的方向上，是崇高理想的自觉，是人类进步价值观的崇高呈现！"

"黎巴嫩文坛骄子"纪伯伦在《沙与沫》中写道："除了通过黑夜的道路，无以到达光明。"诗人文爱艺在《夜歌》中张扬着追求生命的高度和充盈着坚守人类进步价值观方向时必须具有的通过黑暗的勇气和担当。

在《夜歌》系列中，诗人真切地进入黑夜，感受黑夜，理解黑夜。

"孤独总是伴随着幻灭"（《夜歌之二》）
"夜深浓，飘着淡淡的忧愁"（《夜歌之七》）
"假流行的空中／真无处藏身／丢失光明／黑白一定颠倒"（《夜歌之九》）
"夜浮动着迷人的诱惑"（《夜歌之十》）
"看不透的烟雨朦朦，深锁夜雾中"（《夜歌之十二》）

还有冷漠、寂寞、哀伤……但只有理解，才能和解；只有超越，才能通过！

"光影闪烁／夜是疗伤的天堂"（《夜歌之二十六》）
"夜不是悲戚之地／疗伤之后的天空更为辽阔"（《夜歌之十九》）
"激情之后的平静／映月无声"（《夜歌之二十》）
"黑暗明亮一切暗淡／欣然挥鞭的骏马／就在最黑暗中闪现"（《夜歌之四十六》）
"夜是至达光明的惟一途径／静静地安眠吧／黎明的曙光只能在此闪现"（《夜歌之四十九》）

波德莱尔在论述自己的《恶之花》时说："在这部残酷的书中，我注入了自己全部的思想、全部的心灵、全部的信仰以及全部的仇恨。"高尔基说波德莱尔："生活在邪恶中，却热爱着善良。"诗人写"恶"，反映了他对于善良、自由、光明的向往与追求。写《夜歌》的诗人文爱艺正如夜莺，在黑夜中歌唱黑夜、歌唱黎明，值得我们用心去聆听、传唱。

文爱艺说："思想的高度，决定作品的深度！""诗是提升人心灵境界的天然品，它在生活中孕育，在情操思想的炼狱中锻造，在自然的语言节律中诞生。""人类真正的文学，一定是人类进步的指路明灯！"

《夜歌》是诗人思想的结晶。

《夜歌》抒发了诗人真切的情怀，诗人把人生的体悟，迫不及待地与世人分享，类似如下的警句在诗中如黑夜里的惊雷不断闪现。

"乞求从来都没有过无偿的恩赐／一切都只能够在创造里面"（《夜歌之四》）
"不是惊雷要传达惊恐／而是黑色自己把自己恐怖"（《夜歌之二十三》）
"心的疆域／决定命运的边界"（《夜歌之四十四》）
"我愿赤裸为闪电／在真实的彼岸／痛苦为孤独"（《夜歌之四十九》）

夜是心灵的花园
一切的荣辱
一切的成败
由此入梦

悲欢装点着夜的花环
喜怒哀乐紧紧相连
谁逃脱过梦魇

静静地修补创伤吧
活着必须勇往直前

和就是终点
——《夜歌之五十二》

“和就是终点”，诗人文爱艺还说过：“结束，就是开始。”（《文爱艺诗集》第11版结束语）在诗艺的道路上，文爱艺先生合上《夜歌》，又将掀开新的诗章，继续探寻、追问诗是什么，追求着真善美，提升着心灵的境界！

我愿分享我赏读《夜歌》时的一些惊喜与收获，我知道我获得了心灵上的光亮，如夜莺的歌声，如漫天的星斗，如黎明前的霞光……

余兮草于恍兮惚兮斋
二〇一七年五月二十六日

前言

文爱艺

夜是栖息心灵的花园
一切蜇伏都隐蔽其间

– 夜歌 –

○

之

●

一

01

夜歌之一●

万家灯火在江南如烟的夜空中浮动
比繁星还要深远的幽静在飘渺

我凝望着遥不可及的归处
追护着理想不被污染

白衣的纯洁少年，在青春的黑夜
用热血铸就一部夜歌
岁月经过了无数轮回，依然用真诚浇筑

因为纯洁，命定冰冷相随
不愿同流合污，注定孤独

夜夜秋雨●●
无限的寂寞

仿佛爱情的心●●●

谁不是在理想中
谁躲过迷惑

心的花朵，盛开纯洁
灵的美丽，绽放青春

夜在深远的期待中沉静
所有的疲惫都在其中恢复

静静地留下你那深沉的一吻

没有黑暗无边无际的漫长沉寂
黎明初现的曙光从何处通透

○ 自注

● 不是少年时期出版的《夜歌》中的阙歌；少年时，曾出版过一本诗集《夜歌》，其中有一组阙歌。
●● 青春时，曾出版的一本诗集的书名。
●●● 成年后，曾出版的一本散文诗集的书名。

万家 比
灯火 繁星 我 追护
在 还要 凝望 着 白衣 用 岁月
江南 深远 着 理想 的 热血 经过
如烟 的 遥不可及 不被 纯洁 铸就 了
的 幽静 的 污染 少年 一部 无数
夜空 在 归处 夜歌 轮回
中 飘渺
浮动 在
青春 依然
的 用
因为 不 黑夜 真诚
纯洁 愿 夜 无限 浇筑
同流 夜 的 仿佛
合污 秋 寂寞 爱情 谁 谁
命定 雨 的 不是 躲
冰冷 心 在 过
相随 注定 理想 迷惑
孤独 中
心 灵
的 的 夜 所有
花朵 美丽 在 的 静静
深远 疲惫 地 没有 黎明
的 都 留下 黑暗 初现
盛开 绽放 期待 在 你 无边 的
纯洁 青春 中 其中 那 无际 曙光
沉静 恢复 深沉 的 从
的 漫长 何处
一吻 沉寂 通透

- 夜歌 -

○

之

●

二

02

夜歌之二[•]

寂静无边
稀闻的惊雷，孕育着春雨

静静地聆听
革命时时都在震动

别在黎明前焦虑曙光
享受黑暗无边的漫漫长夜吧

静静地隐形你的悲喜
夜会在碰撞中契合

○ 自注

● 与少年时期出版的《夜歌》不同，这组新歌寄吟的情怀特指某人某事。

寂静
无边

稀闻
的
惊雷

孕育
着
春雨

静静
地
聆听
革命
时时
都在
震动

别在
黎明
前
焦虑
曙光

享受
黑暗
无边
的
漫漫
长夜
吧

静静
地
隐形
你
的
悲喜

夜
会
在
碰撞
中
契合

- 夜歌 -

○

之

●

三

03

夜歌之三

静是最奇妙的声音
于无声处激荡

流韵奔泻而出
美妙之声纷涌

袅袅余韵随风而逝
岁月溢出深绿

静
是最
奇妙的
声音

于
无声
处激荡

流韵
奔泻而出

美妙
之声
纷涌

袅
袅
余韵
随风
而逝

岁
月
溢出
深绿

– 夜歌 –

○

之

●

四

04

夜歌之四

江南如烟
古园在春雨中朦胧

上有天堂
下有苏杭的颜色渐淡

桃花岛精刻的规划
在无限放大中深浓

我想在它优雅的上面
留下天然的墨香

无人认领的岛主
在上面参差地留下红线

雾霭层层的风烟
写满沟沟坎坎

大闸蟹在精雕细琢的包装纸上图腾
心被扭曲的浓雾云烟深埋

黑暗何时遮蔽过太阳
当我们正对在它的下面

静静地握手相挽
黎明天然地就在我们的身边

乞求从来都没有过无偿的恩赐
一切都只能够在创造里面

江南如烟
古园在春雨中朦胧

上有天堂
下有苏杭的颜色渐淡

桃花岛精刻的规划
在无限放大中深浓

我想在它优雅的上面
留下天然的墨香

无人认领的岛主
在上面参差地留下红线

雾霭层层的风烟
写满沟沟坎坎

大闸蟹在精雕细琢的包装纸上图腾
心被扭曲的浓雾云烟深理

黑暗何时遮蔽过太阳
当我们正对在它的下面

静静地握手相挽
黎明天然地就在我们的身边

乞求从来都没有过无偿的恩赐
一切都只能够在创造里面

- 夜歌 -

○

之

●

五

05

夜歌之五

春风潜夜
深深庭院的寂寞处
始见芳华

雪月残迹
在柳絮飘逸里浮现
润物无痕

清明落红
纷纷落下的杏花雨
留下深绿

夜从来处
静下一个更新的你
喷涌而出

春风潜夜
深深
庭院
的
寂寞
处
始见芳华

雪月残迹
在
柳絮
飘逸
里
浮现
润物无痕

清明落红
纷纷
落下
的
杏花
雨
留下深绿

夜从来处
静
下
一个
更新
的
你
喷涌而出

– 夜歌 –

○

之

●

六

06

夜歌之六

春雨把夜清洗得通透如水
交织着甜蜜与惶恐

光闪闪的江南
缠绵如思

绿席卷得那么迅速
拔节声似雨滴入风

无数个寒夜的侵蚀
瞬间无影无踪

强拆、肆意占领，一切贪婪的掠夺
都无法剥夺绿的顽强

春寒而至

静静地垂下头来，自然在其中安眠

夜握着雨，敲击着寂寞

水花开满江南

夜得水着与恐 的南思 得速似滴风 个的间踪 ♫ ♬ 的夺法夺强 至 地 ♩ 然中眠 着 着寞 满南

把 如 闪 如 卷迅声 瞬无 领 萋 顽 而 来 开

洗 织蜜 数夜 拆 占 贪 无 静 头 其 握 击

雨 透 闪 绵 席么节 蚀影 的 寒 花

意 切 下 ♯

春清通交甜惶 光江缠 绿那拔雨入 无寒侵无 强 肆 一掠都剥绿 春 静 垂 自在安 夜 雨 敲寂 水江

- 夜歌 -

○

之

●

七

07

夜歌之七

夜深浓，飘着淡淡的忧愁

世界很大，目极无边

又很小，咫尺天涯

人海中，孤独

安眠吧！

夜的名字，本来就叫漫长

夜深浓 ♫

飘着淡淡的忧愁

世界很大 ♬

目极无边

又很小 ♩

咫尺天涯

人海中 ♯

孤独

安眠吧 ♭

夜的名字 ♫

本来就叫漫长

– 夜歌 –

○

之

●

八

08

夜歌之八

夜是栖息心灵的殿堂

思想，从不抗拒成长

乌云的本能就是遮蔽阳光
忧郁，只会增加它的猖狂

积雪冰霜
为来年的丰收积蓄力量

夜思，心会明朗

光明，唯有战斗！

夜
是
栖息
心灵的
殿堂

思想
♫
从
不
抗拒
成长

乌云
的
本能
就
是
遮蔽
阳光

忧郁
♬
只会
增加
它
的
猖狂

积雪
冰霜
为
来年
的
丰收
积蓄
力量

夜思
♩
心会
明朗

光明
♯
唯有
战斗
♭

– 夜歌 –

○

之

●

九

09

夜歌之九

轰轰烈烈的白昼
在落日中沉寂

假流行的空中
真无处藏身

丢失光明
黑白一定颠倒

滚滚的黑暗蜂拥
心不能沉默

没有喷涌的热血
黎明一定暗淡

轰轰 烈烈 的 白昼
在 落日 中 沉寂
假 流行 的 空中
真 无处 藏身
丢失 光明
黑白 一 定 颠倒
滚滚 的 黑暗 蜂 拥
心 不能 沉默
没有 喷涌 的 热血
黎明 一定 暗淡

– 夜歌 –

〇

之

●

十

10

夜歌之十

夜来香
永恒的是思想

灯红酒绿
流光溢彩的狂欢
留下的是杯尽人散的凄凉

看上去
光艳无比
腹内的心酸
只有自知

夜浮动着
迷人的诱惑
香艳无比的气息
在面具里面魅力
真伪互动着最终的命运

夜来香

永恒的是思想

灯红酒绿

流光溢彩的狂欢

留下的是杯尽人散的凄凉

看上去

光艳无比

腹内的心酸

只有自知

夜浮动着

迷人的诱惑

香艳无比的气息

在面具里面魅力

真伪互动着最终

的命运

- 夜歌 -

○

之

●

十
一

11

夜歌之十一

一夜轻寒的柳风
杏花飘雨

三月雪潜入残梅
瞬间春天

强拆用美丽，伪饰贪婪的血腥

一浪高过一浪的房价
粉碎着，人性的善良

绿色的油漆，击毁着天然的嫩黄

竟然无耻地声言
打扮春天

谎言流行
真理流浪

三
月
雪
潜入
残梅
瞬间春天

一
夜
轻寒
的
柳风
杏花
飘
雨

绿色的
油漆
击毁
着
天然的
嫩黄

一浪
高
过一浪的
房价
粉碎
着
人性的
善良

强拆
用
美丽
伪饰
贪婪的
血腥

谎
言
流行
真理
流浪

竟然
无耻
地
声言
打扮春天

- 夜歌 -

○
之
●
十二

12

夜歌之十二

雨洗的江南，石板苔痕点点

看不透的烟雨，深锁雾中

春深夜浓，相隔着时空

雨
洗的
江南

石板
苔痕
点点

看
不透的
烟雨

深锁
雾 中

春
深夜
浓

相隔
着
时空

– 夜歌 –

○

之

●

十
三

13

夜歌之十三

飞花减春
江南雨眠

多少相逢追念

花落遍野
一团污迹

谢了无数春红

浮名绊身
水上冰冷

云烟孤舟风卷

潮头夜深
英雄日暮

悲欢都在其中

飞花减春
江南雨眠
多少相逢追念
花落遍野
一团污迹
谢了无数春红
浮名绊身
水上冰冷
云烟孤舟风卷
潮头夜深
英雄日暮
悲欢都在其中

- 夜歌 -

○

之

●

十
四

14

夜歌之十四

春天，消失得这么迅速

红在忽如其来的暴雨里，泥污

伤痛飘游在风中

黑暗封锁着天空

然而它积聚的却是惊雷的力量

沉淀吧

生命的根基是坚强

雨在夜空中淅沥孤独

润物无声的温柔，一丝丝地把伤痛弥补

春天

消失得
这么
迅速

红在
忽如其来的
暴雨里

泥污

伤痛
飘游在
风中

黑暗
封锁着
天空

然而
它
积聚的
却是
惊雷的
力量

沉淀吧

生命的
根基
是
坚强

雨
在
夜空中
淅沥孤独

润物无声的
温柔

一丝丝地
把
伤痛
弥补

- 夜歌 -

○

之

●

十五

15

夜歌之十五

繁星在深不可测的空中闪烁
看上去很多
其实彼此冷漠

似乎，永在相望

夜夜星河
惊艳的一刻
就注定了寂寞

岁月，在其中沉沦

流星雨
激发着浪漫
有几人真诚地许愿

夜空，在无边的天际闪烁

繁星 在 深不可测的 空中 闪烁

看上去 很多

其实 彼此 冷漠

似乎 ♬ 永在 相望

夜夜 星河
惊艳 的 一刻
就 注定了 寂寞

岁月 ♬ 在 其中 沉沦

流星 雨
激发 着 浪漫
有 几人 真诚 地 许愿

夜空 ♩ 在 无边的 天际 闪烁

– 夜歌 –

〇

之

●

十
六

16

夜歌之十六

夜在喧嚣后沉淀
静得如此响亮

我们放大想象
被理想迷惑

谎言总是用蜜语
让你进贡

夜

在

喧嚣

后

沉淀

静

得

如此

响亮

我们

放大

想象

被

理想

迷惑

谎言

总是

用

蜜语

让

你

进贡

– 夜歌 –

○

之

●

十
七

17

夜歌之十七

夜跳动着契合的音符
不协和的音也和奏其中

没有遗忘，生活永远沉重

是到了该遗忘的时候

轻轻地关上门窗
夜风在门外涤荡

晚风吹来凉爽

沉重才能轻松

夜
跳动着
契合的
音符

不协和
的音
也
和奏
其中

没有遗忘
♩
生活
永远沉重

是
到了
该遗忘的
时候

轻轻地
关上
门
窗

夜风
在门外
涤荡

晚风
吹来凉爽

沉重
才
能
轻松

- 夜歌 -

○

之

●

十
八

18

夜歌之十八

为美迷醉，心灵升华

多少沉淀，聚积其中

夜浮动着清纯

你的韵，悠远着我的情怀

再握一握你的手

抑制不住的依恋深入夜色

为 美 迷醉 ♫ 心灵 升华

多少 沉淀 ♬ 聚积 其中

夜 浮动 着 清纯

你 的 韵 ♩ 悠远 着 我 的 情怀

再 握一握 你 的 手

抑制 不住 的 依恋 深入 夜色

- 夜歌 -

○

之

●

十
九

19

夜歌之十九

心有多大
世界就有多宽广

哀叹秋风
春风必将错过

池鱼清浅
妄言波澜壮阔

感谢生活的坎坷
意志才能百炼成钢

夜不是悲戚之地
疗伤之后的天空更为辽阔

心有　多大

世界　就有　多宽广

哀叹　秋风

春风　必将　错过

池鱼　清浅

妄言　波澜壮阔

感谢　生活的　坎坷

意志　才能　百炼成钢

夜　不是　悲戚之地

疗伤　之后的　天空　更为　辽阔

- 夜歌 -

○

之

●

二十

20

夜歌之二十

激情之后的平静
映月无声

这也许是最好的结局

夜空，在宁静中沉寂
云烟弥漫着无边无际

是到该告别的时候了

激情
之后
的
平静

映月无声

这
也许
是
最好的
结局

夜空
♫
在
宁静中
沉寂

云烟
弥漫着
无边无际

是到
该
告别的
时候
了

- 夜歌 -

○

之

●

二十一

21

夜歌之二十一

星空浩瀚无边，繁星点点

任何聚分，都有因由

闪亮吧

不要因为擦肩而过的神伤

消弥暗淡

奇异的光彩，并非处处感应

更多的时候，异彩孤独在奇幻处

谁没有过孤独的时候

谁天生就能全部拥有

心有多大

心空就有多么辽阔

星空
浩瀚无边
♫
繁星点点
任何聚分
♬
都有因由
闪亮吧
不要因为擦肩而过的神伤
消弥暗淡
奇异的光彩
♩
并非处处感应
更多的时候
♯
异彩孤独在奇幻处
谁没有过孤独的时候
谁天生就能全部拥有
心有多大
心空就有多么辽阔

- 夜歌 -

○

之

●

二十二

22

夜歌之二十二

夜雨淅沥着洗不去的缠绵
多少恩怨情仇浮现

无声的世界比有声繁复
悲欢深深地刻印其间

你的爱有多深
恨就有多浓

解不开的死结
风吹雨打

擦肩而过的轻松
映衬着夜的孤独

肉体的伤痛能愈合
心灵的飘忽只能风中

活着必须自控校正
有的人真的不必重逢

夜雨
淅沥着
洗不去的
缠绵

多少
恩怨情仇
浮现

无声的
世界
比
有声
繁复

解
不开的
死结
风吹雨打

擦肩而过的
轻松
映衬着
夜的
孤独

肉体的
伤痛
能
愈合

心灵的
飘忽
只能风中

活着
必须
自控校正
有的人
真的
不必重逢

悲欢
深深地
刻印其间

你的爱
有多
深
恨
就有多浓

- 夜歌 -

〇

之

●

二
十
三

23

夜歌之二十三

大自然是座神圣的殿堂
四季天然其中

闪电穿透一切谎言
暴风雨本能地荡涤乌烟

没有疾风暴雨的痛疼
就没有刮骨去毒的轻松

只有被革的毒瘤
才恐惧革命的激流

不是惊雷要传达惊恐
而是黑色自己把自己恐怖

拥抱吧
新永远替旧

大自然 是座
神圣的 殿堂
四季 天然 其中
闪电 穿透 一切谎言
暴风雨 本能地 荡涤 乌烟
没有 疾风暴雨的 痛疼
就 没有 刮骨去毒的 轻松

只有 被革的 毒瘤
才 恐惧 革命的 激流
不是 惊雷 要传达 惊恐
而是 黑色 自己 把自己 恐怖
拥抱 吧
新 永远 替旧

– 夜歌 –

○

之

●

二
十
四

24

夜歌之二十四

又一夜无眠
充满思念

乌呢喃婉转丝的江南

富阳的光
在群山的艳影中微红

江山如画
陈词贬损了你的媚眼

丹青妙手
穷技也仅是局部浮现

满满的富春江
哪段滋润了你的魅力

你的美
应是无言

又 一夜 无眠
充满 思念
鸟 呢喃 婉转 丝 的 江南
富阳 的 光
在 群山 的 艳影 中 微红
江山 如 画
陈词 贬损 了 你 的 媚眼

丹青 妙手
穷技 也 仅是 局部 浮现
满满 的 富春江
哪段 滋润 了 你的 魅力
你 的 美
应是 无言

- 夜歌 -

○

之

●

二十五

25

夜歌之二十五

夜的确寂寞
谁又不孤独

雨润物无声，随风而逝

看见的不一定真实
真实不一定能看见

季节在风雨中消磨
瓣瓣飘落的是心愿

片片落叶，深入风雨中

谁说春夏不枯
树免不了叶落

夜的痛寂寞

谁又不孤独

雨润物无声 ♪ 随风而逝

看见的不一定真实

真实的不一定能看见

季节在风雨中消磨

飘飘飘落的是心愿

片片落叶 ♪

谁说春夏不枯

树免不了叶落

深入风雨中

– 夜歌 –

○

之

●

二十六

26

夜歌之二十六

夜幽深飘渺
无数的幻影，浮动

光影闪烁
夜是疗伤的天堂

安睡吧
黑暗是光明的开始

夜幽深飘渺

无数的幻影

浮动

光影闪烁

夜是疗伤的天堂

安睡吧

黑暗是光明的开始

– 夜歌 –

〇
之
•
二
十
七

27

夜歌之二十七

夜深至极点

谷雨带花

静成思

夜深至极点

花带雨谷

思

成

静

- 夜歌 -

○

之

●

二
十
八

28

夜歌之二十八

雨飘过深窗
静静地栖息着阴冷

岁月的苔迹
悄然留下斑痕

雨敲打着花香
芳香四溅地流泻纷涌

夜是一朵寂寞花
盛开，而后凋零

雨飘过深窗 静静地栖息着回忆

岁月的苔迹 悄然留下斑痕

雨敲打着花香 芳香四溅地流泻纷涌

夜是一朵寂寞花 盛开 ♫ 而后凋零

- 夜歌 -

○

之

●

二十九

29

夜歌之二十九

孤夜月浮影
光辉独立清
云高天共远
淡极地自明

孤夜

月 浮影

光辉

独立

清

云高

天

共远

淡极

地

自明

- 夜歌 -

○

之

●

三十

30

夜歌之三十

热浪滚过暗夜
蟋蟀起伏

灵魂的栖息地
是真善美

热浪

滚过

暗　夜

蟋蟀

起

伏

灵魂

的

栖　息

地

是

真　善　美

- 夜歌 -

〇

之

●

三
十
一

31

夜歌之三十一

繁星闪烁着
穿过流萤
一阵风
划过
夜

光
寂寞
你的眼
影影无边
变幻着思念

透过时间雨
分分秒秒
滴答着
岁月
雾

冷
收到
昨夜的
你的答案
心无法作伪

繁星闪烁着
穿过流萤
一阵风
划过
夜

光
寂寞
你的眼
影影无边
变幻着思念

透过时间雨
分分秒秒
滴答着
岁月
雾

冷
收到
昨夜的
你的答案
心无法作伪

- 夜歌 -

○

之

●

三
十
二

32

夜歌之三十二

在精神之夜穿行
抽象的波澜壮阔

需求，决定方向
命运只回应坐标

黑暗卷起它的长发
在夜风中飘逸着困倦

谁不是血肉之躯
谁逃脱过平凡的命运

黑暗来临
星星点点

仰望星空
寄情千年依然圆缺无边

静静地平复下来吧
是该挥手道别了

没有残缺
也就没有浑圆

在精神之夜穿行
抽象的波澜壮阔

需求，决定方向
命运只回应坐标

黑暗卷起它的长发
在夜风中飘逸着困倦

谁不是血肉之躯
谁逃脱过平凡的命运

黑暗来临
星星点点

仰望星空
寄情千年依然圆缺无边

静静地平复下来吧
是该挥手道别了

没有残缺
也就没有浑圆

- 夜歌 -

○

之

●

三
十
三

33

夜歌之三十三

夜穿过黑暗，月光通透[•]

天空，在无限中深蓝

雪入污泥，
浊辱在升腾后脱垢

怒放中光辉

自然，才是绝妙的画笔

○ 自注

• 应徐群邦先生之问小注如下：明月蒙垢、忍受寂寞，依然无私地、毫无保留地散发出自然的光，即便是微弱的，也要在黑暗中通透成光明。

夜　穿过　黑暗 ♫ 月光通透

天空 ♬ 在　无限中深蓝

雪入　污泥 ♩

浊辱　在　升腾后　脱垢

怒放　中　光辉

自然 ♯ 才是　绝妙的　画笔

- 夜歌 -

○

之

●

三
十
四

34

夜歌之三十四

夜空浩瀚
无际的繁星遥远

星渴望星
看似相依
鸿沟无边

人一生的努力
透过孤独相拥

星渴望着星
失落在天边
无边着寂寞

亲爱的，仰望星空
与其遐想，不如倾杯一觞

夜色深浓
繁星烁烁
不止于光

夜空浩瀚

无际的繁星遥远

星渴望星

看似相依

鸿沟无边

人一生的努力

透过孤独相拥

星渴望着星

失落在天边

无边着寂寞

仰望星空

亲爱的

与其遐想

不如倾杯一觞

夜色深浓

繁星烁烁

不止于光

– 夜歌 –

○

之

●

三十五

35

夜歌之三十五

今夜月明
空中流光浮影

平江路的石板
在灯红酒绿后沉寂

没有人领会
沉静后的孤寂

真理赤裸出疼痛
谎言尽显温柔

夜空，茫然在理想中

静静地抚触疼痛
没有人会在意身外的感受

江南的夜空
流光溢彩中孤独

塞纳河的波光
在红磨坊的艳影中沉寂

流水从来都无法体验出
时光流逝的疼痛

夜空

今夜 月明
空中 流光 浮影
平江路 的 石板
在 灯红酒绿 后 沉寂
没有 人 领会
沉静后 的 孤寂
真理 赤裸 出 疼痛
谎言 尽显 温柔
茫然 在 理想 中
静静地 抚触 疼痛
没有 人 会 在意 身外 的 感受
江南 的 夜空
流光 溢彩 中 孤独
塞纳河 的 波光
在 红磨坊 的 艳影 中 沉寂
流水 从来 都 无法 体验出
时光 流逝 的 疼痛

- 夜歌 -

○

之

●

三
十
六

36

夜歌之三十六

雨丝很长
风很短

临窗，万家灯火温暖

江南夜雨
亭台楼阁击遍
不变的是无边的缠绵

雕梁玉砌
多少岁月沉淀

风烟浩渺无边
几番寒热

夜，在星星点点

雨丝

很长

风 很短

临窗 万家灯火 温暖

江南 夜雨

亭台楼阁 击遍

不变的 是 无边的 缠绵

雕梁 玉砌

多少 岁月 沉淀

风烟浩渺 无边

几番 寒热

夜 在 星星点点

– 夜歌 –

○

之

●

三十七

37

夜歌之三十七

雨后之夜如初吻
纯洁得透明

心与心契合
雨必然降落
极峰绝顶
也不会寂寞

穿过孤独的人海
找到你
月光
清寒

夜，栖息在夏花的静默中

雨后 之 夜 如 初吻
纯洁 得 透明
心 与 心 契合
雨 必然 降落
极峰 绝顶
也 不会 寂寞
穿过 孤独 的 人海
找到 你
月 光
清寒
夜
栖息 在 夏花 的 静默 中

- 夜歌 -

○

之

●

三十八

38

夜歌之三十八

岁月是一把伞

云飘渺

雾霭沉沉
蒙尘的不是土

夜蜿蜒如心
多少峰回路转
泥泞携崎岖沟壑
在跋涉的途中弥漫

夜无情地浮动
参差无边的黑暗
喧嚣着无数的星语
心与心在无限中感应

岁月 是 一把 伞

云 飘 渺

雾霭 沉沉

蒙尘 的 不是 土

夜 蜿蜒 如心

多少 峰回路转

泥泞 携 崎岖 沟壑

在 跋涉的 途中 弥漫

夜 无情地 浮动

参差 无边的 黑暗

喧嚣着 无数的 星语

心 与 心 在 无限 中 感应

– 夜歌 –

〇

之

●

三
十
九

39

夜歌之三十九

滚滚人流
涌动着冷漠

异乡之星
挥汗如雨

天地辽阔
心无比深远

不屑名利
只有理想

一切劳顿
开生命之花

滚滚人流

涌动着冷漠

异乡之星

挥汗如雨

天地辽阔

心无比深远

不屑名利

只有理想

一切劳顿

开生命之花

- 夜歌 -

○

之

●

四十

40

夜歌之四十

夜黑得只剩下灯光
喧嚣留存的余温
冰冷着寂寞

行旅在焦虑中深入
沿途都刻满成功

谁在意所来径

满园的花香
飘向逸者

寥寥的领路人
在漆黑的灯影里
咀嚼孤独

夜 黑得 只 剩下 灯光
喧嚣 留存 的 余温
冰冷 着 寂寞

行旅 在 焦虑中 深入
沿途 都 刻满 成功

谁 在意 所 来 径

满园 的 花香
飘向 逸者

寥寥 的 领路 人
在 漆黑 的 灯影 里
咀嚼 孤独

– 夜歌 –

○

之

●

四
十
一

41

夜歌之四十一

夜灼热得冰冷到极点
焦虑烦躁的火燃烧着
淹没繁星的流光溢彩
用五光十色掩盖虚空

有多少谎言
就有多少颜色

满星四溅的夜拥堵寂静
挤满安谧的噩梦泛滥
每颗星都完整无缺
相隔在无垠的碰撞中

谁摆脱过孤独
谁还在遥看

都市积满无边的冷漠
乡村的打谷场在遥远
在遥远中温柔
温柔成记忆

那泥土的气息
被乌烟席卷

夜 灼热 得 冰冷 到 极点
焦虑 烦躁 的 火燃 烧着
淹没 繁星 的 流光 溢彩
用 五光 十色 掩盖 虚空

有 多少 谎言
就 有 多少 颜色

满星 四溅 的 夜 拥堵 寂静
挤满 安谧 的 噩梦 泛滥
每颗星 都 完整 无缺
相隔 在 无垠 的 碰撞 中

谁 摆脱 过 孤独
谁 还在 遥看

都市 积满 无边的 冷漠
乡村的 打谷场 在 遥远
在 遥远 中 温柔
温柔 成 记忆

那 泥土的 气息
被 乌烟 席卷

– 夜歌 –

○

之

●

四
十
二

42

夜歌之四十二

夜把雨敲击成初恋
光铸剑影
星星点点

流逝在流逝中流逝
岁月举杯
峥嵘的痛痕浮现

夜安眠多少个秘密
阴雨淅沥
丝丝缕缕

雨在风中深深遥望
夜的深渊
从来都不是恩典

夜把雨敲击成初恋

光铸剑影

星星点点

流逝在流逝中流逝

岁月举杯

峥嵘的痛痕浮现

夜安眠多少个秘密

阴雨淅沥

丝丝缕缕

夜的深渊

雨在风中深深遥望

从来都不是恩典

– 夜歌 –

○

之

●

四
十
三

43

夜歌之四十三

夜的幽谷
剩下一丝光影

水留下清脆
消失在谷底

喧嚣的都市
静在夜里

心的距离有多远
夜的 G 点在一丝丝地丈量

夜 的 幽谷
剩下 一丝 光影

水 留下 清脆
消失 在 谷底

喧嚣 的 都市
静 在 夜里

心 的 距离 有 多远
夜 的 G点 在 一丝丝 地 丈量

- 夜歌 -

○

之

●

四
十
四

44

夜歌之四十四

月把夜通透成恋影
依依在黑暗的波浪中

明亮在空中孤独

层层的光影
在时光中起伏

心纠结其中

看遍云端
天地浮云一瞬

多少悲欢融入

心的疆域
决定命运的边界

哪里有什么无端

月把夜通透成恋影
依依在黑暗的波浪中
明亮在空中孤独
层层的光影
在时光中起伏
心纠结其中
看遍云端
天地浮云一瞬
多少悲欢融入
心的疆域
决定命运的边界
哪里有什么无端

- 夜歌 -

○

之

●

四十五

45

夜歌之四十五

夜是穿透黑暗的途径

风风雨雨，历经飘零

在这个黑白颠倒的世界里面

眼见未必真实，耳听经常是虚

陷阱，完美地诱惑你，为之献身

夜是穿透黑暗的途径

风风雨雨 历经飘零

在这个黑白颠倒的世界里面

眼见未必真实 耳听经常是虚

陷阱 完美地诱惑你 为之献身

– 夜歌 –

○

之

●

四
十
六

46

夜歌之四十六

夜黑得只剩下阴暗
挥汗如雨中立秋
寒冷透过酷暑

经历了艰辛的孕育
心血浇灌的花朵
雾中消弥暗淡

遍地污染的大地
将所有的理想
都囚禁其中

天俯瞰所有
黑白就在里面
谎言以灰充斥其间

茫茫宇宙人生一瞬
辉煌其中消失其中
什么能够永存

黑暗明亮一切
欣然挥鞭的骏马
在黑暗最深处闪现

夜黑得
只剩下
阴暗

天
俯瞰
所有

挥汗
如
雨中
立秋

黑白
就
在
里面

寒冷
透
过
酷暑

谎言以
灰
充斥
其间

经历
了
艰辛的
孕育

茫茫
宇宙
人生
一
瞬

心血
浇灌的
花朵

辉煌其中
消失
其
中

雾
中
消弥
暗淡

什么
能
够
永存

遍地
污染的
大地

黑暗
明亮
一
切

将
所有的
理想

欣然
挥鞭的
骏马

都
囚禁
其中

在
黑暗
最深处
闪现

- 夜歌 -

○

之

●

四
十
七

47

夜歌之四十七

时间的倒影在秋雨里
敲击着夜的节奏

时间之树
婆娑着不朽的风景

呼吸的风
划动着飘向异域的回忆

那么多倒伏的花草
在落叶里柔弱

时间，时间的风
在哪儿？在哪儿栖息？

呼吸
此起彼伏

谁不是过客？
谁躲过遗弃？

时间 的 倒影 在
秋雨 里

敲击 着夜 的 节奏

时间 之 树

婆娑 着 不朽 的 风景

呼吸 的 风

划动 着 飘
向 异域 的 回忆

那么 多 倒伏 的 花草

在 落叶 里 柔弱

时间 时间 的 风

在 哪儿 在 哪儿

栖息

呼吸

此 起 彼伏

谁 不是 过客

谁 躲过 遗弃

– 夜歌 –

○

之

●

四
十
八

48

夜歌之四十八

豪雨如注
封锁江南的夜空

多少情怀
笼罩其中

夜飘动雨香
深入心空

平江路上的青苔
在灯下舒展

姑苏城外蔓延的拆迁蜂拥
没有钟声

雨花朵朵
躲藏在裸露中

拥挤的不是雨
一幢幢空置的高楼诉说着资本的无耻

落红无数
深秋还在远处

不见血的杀戮
在一栋栋虚空的美丽中冷酷

豪雨如注
封锁江南的夜空

多少情怀
笼罩其中

夜飘动雨香
深入心空

平江路上的青苔
在灯下舒展

姑苏城外蔓延的拆迁蜂拥
没有钟声

雨花朵朵
躲藏在裸露中

拥挤的不是雨
一幢幢空置的高楼诉说着资本的无耻

落红无数
深秋还在远处

不见血的杀戮
在一栋栋虚空的美丽中冷酷

– 夜歌 –

○

之

●

四
十
九

49

夜歌之四十九

雨飘过夜纱
千年的岁月
洗不去尘缘

多少谎言
以奥妙之境
蒙住双眼

我愿赤裸为闪电
在真实的彼岸
痛苦成孤独

喧嚣从来都无法净心
鸟语在静谧里沉境
伪饰也隐蔽其中

夜是至达光明的惟一途径
静静地安眠吧
黎明的曙光只能在此闪现

雨飘过夜纱
千年的岁月
洗不去尘缘

多少谎言
以奥妙之境
蒙住双眼

我愿赤裸为闪电
在真实的彼岸
痛苦成孤独

喧嚣从来都无法净心
鸟语在静谧里沉境
伪饰也隐蔽其中

夜是至达光明的惟一途径
静静地安眠吧
黎明的曙光只能在此闪现

- 夜歌 -

○

之

●

五十

50

夜歌之五十

夜穿透漆黑
在黎明绽放

万家灯光遍燃
每一盏都指向回归

看尽人间
谁逃脱过荣辱

广州之夜
渐行渐远

梦想
在途中漫步

行动
才是最好的眷顾

夜穿透漆黑
在黎明绽放

梦想
在途中漫步

万家灯光遍燃
每一盏都指向回归

广州之夜
渐行渐远

行动
才是最好的眷顾

看尽人间
谁逃脱过荣辱

- 夜歌 -

○

之

●

五十一

51

夜歌之五十一

冷月高悬孤旅
圆润之光四溢

尝遍悲欢
一切即景

踏遍万水千山
归源依然是根

汉水淹没在黑夜里
飞镜消磨

清波
在岁月轮回中留影

冷月高悬孤旅
圆润之光四溢

尝遍悲欢
一切即景

踏遍万水千山
归源依然是根

汉水淹没在黑夜里
飞镜消磨

清波
在岁月轮回中留影

- 夜歌 -

○

之

●

五十二

52

夜歌之五十二

夜是心灵的花园
一切的荣辱
一切的成败
由此入梦

悲欢装点着夜的花环
喜怒哀乐紧紧相连
谁逃脱过梦魇

静静地修补创伤吧
活着必须勇往直前

和就是终点

夜是心灵的花园

一切的荣辱

一切的成败

由此入梦

悲欢装点着夜的花环

喜怒哀乐紧紧相连

谁逃脱过梦魇

静静地修补创伤吧

活着必须勇往直前

和就是终点

后语

文爱艺

没有经历黑暗的痛疼
何处体悟涅槃的轻松

文爱艺论诗语录

文爱艺

○ 注

● 开篇至 2038 段，二十多年前陆续发表并收入《文爱艺诗歌精品赏析集》（全三卷）、《文爱艺抒情诗集》（全三册，包括《追逐彩蝶》《断桥边的红莲》《白雪唤醒的纯洁》）等书中。

之 2039——　诗是智慧的结晶！

绝非心智不全者的呓语！

与其说它是语言的艺术，不如说它是智慧的艺术！

一切视诗如幻的言行，都是对诗的疏离！

之 2040——　诗是人间最真实的东西。

不真实，怎么深入人心？

怎么动己、感人？

之 2041——　诗是思想情感境界的提升，就像面对死亡，获悟的是对生的加倍的珍惜，而不是恐惧！

诗聚结的应是境界的提升，而不是相反。

抒情是为达意！

诗是生活的结果，智慧的结晶！

之 2042——　诗天然地具备反对并且天然地拥有战胜假、恶、丑的力量！

语言文字是一个永不休止的动态的发展过程，一切原则必须以进步为基础！

规则是为弱小者划定的牢狱，击碎强权，创造新的价值，才能至获进步的天空！

之 2043——　诗是提升人心灵境界的天然品，它在生活中孕育，在情操思想的炼狱中锻造，在自然的语言节律中诞生。

之 2044— 真正的诗，是健康的身心在脸庞浮现出来的天然的红润所散发出的自然的真善美的容光，既是滋润自己的结果，也天然养眼，成为他人赏心悦目的营养！

诗的终极是生活！

之 2045— 滋养灵魂，提升精神境界的文字，天然构成诗的基本元素，也是诗与非诗的基本分野。

之 2046— 准确，质朴，天然，是诗语直击灵魂的基础。

牵强表达会因字害意。

之 2047— 诗天然地是情感思想的结晶。与其说要删弃陈词赘语，不如说修正的实质是提升自己的思想价值观。

诗最终的目的，是提升人的审美水平和价值观，滋养人的精神。

诗言志，言情的实质，依然是言志。

之 2048— 诗的生活气息，是生活赋予的，诗仅是生活的结果。

诗的余韵，在于不点自明，启悟升华。

之 2049— 删除一切可有可无、模糊不清的字、词，是诗意表达的最基本的要求。

之 2050— 朦胧是人类的一切艺术共同具备的一种基本特征——含蓄——所产生的一种效果，把这种效果，当作一种诗体命名，并大张旗鼓、舍本逐末、毫不知耻地刻意追求，美其名曰“朦胧诗”，幼稚之极、愚蠢之极！它降低了艺术认知的基本视野，畸变了正常的审美表达。

所谓的“朦胧诗”，是中国当代文化之耻！也是中国当代诗歌沦为小众自嗨，被大众遗弃的原因之一。

诗的朦胧之美是生活的纷繁博大赐给我们的含蓄之果，它在生活中自然孕育、自然生长、自然结果，天然地散发出智慧的芳香！

它是苦难、甜蜜……五味杂存的生活盛开的生命之花！

之 2051— 诗的力量，跟字、词、句的多少无关。

书的品质，跟厚薄无关。

智者一句，胜过庸者千言。

之 2052— 诗美不是体现在字、词、句的奇巧，而是文字通透出来的康健，它是建立在正确的价值观、超凡的审美感染力之上的自觉。

它深植于生活的沃土，既吸收阳光雨露、和风温柔，又顶风斗寒、百折千磨，锻造出无需搀扶的伟岸，在自然的呼吸中天然地滋养肌体、润泽灵魂！

之 2053— 形式是内容的表达；最准确、最充分、最富于感染力地表达出内容的形式就是最好的形式。

完美的形式就是艺术不可分割的内容！

之2054—— 新诗之所以被人垢病，其中原因之一，就是有大量的习诗者，不是在创造语言的思想奇迹，而是不断地在大批量地生产语言的思想垃圾！

之2055—— 真、善、美，是一切艺术的出发点，又是一切艺术的终点。

对假、恶、丑的批判，就是对真、善、美的张扬！

之2056—— 真正的诗是不能随意加一个字、减一个字的，它天然地就像花，充满着岁月凝结的精华，自然地散发出天然的芳香。

它没有刻意的隐喻，但它灵动的情感，自然地渗透出深刻思想的智慧光芒。

之2057—— 诗的力量，是诗的精神植入读者的心中发酵启悟，而不是充满指示性的注释。

启悟是诗的魅力进入人心灵深处的自觉吸收。

之2058—— 没有把自己的情怀融入到生活的激流中去的勇气和实践，与人类的命运共荣辱的情操，是不可能诞生出伟大作品的！

人品的高度，决定作品的生命度！

人品不是虚空的简易扬贬的评估，而是建立在坚定地代表着人类进步思想的方向上，是崇高理想的自觉，是人类进步价值观的崇高呈现！

之2059—— 诗是生活的结果，跟任何名利都无关，只关乎灵魂！

之 2060—— 没有对假、恶、丑的批判，没有对真、善、美的张扬，没有对人生的反思，没有对心灵的呵护，不能散发出对生活热爱的激情，这样的文字，能称之为诗吗？

之 2070—— 真正的诗，永远是先锋的，因为它本能地凝结了对人类精神真谛的探寻和艺术表现形式与表现内容完美互融、相互提升的永不停步的追求！

标榜为先锋诗或先锋诗人，与真正的先锋精神相去甚远，不过是用一个招牌，掩饰其精神的贫乏、艺术的缺失。

人类没有一位真正的诗人，生前标榜过自己是先锋诗人，也没有一首真正伟大的诗篇，自己标榜为先锋诗！

诗的伟大，是它本能地表达出了对人类精神的探寻，对艺术极致的苛求。

之 2071—— 为精简而精简的精简是没有意义的。

字、词、句的一切呈现都是为了表情达意！

之 2072—— 诗是心灵世界最基础、最必需的学问，没有对人生深刻的理解，对世界精妙的彻悟，如何能写出激动人心的诗句，如何滋养情感？

之 2073—— 诗是智慧的结晶，提升情操，呵护人性！

行善不是为了回报！

警惕不上当受骗是人生存的基本智慧，以善良为幌子，为自己的愚蠢推脱，可笑；以诗的形式表达，玷污诗的清名，可恶！

以诗典的形式推介，是对诗的犯罪！

善是真的结果，美的容光。

之 2074——　诗的魅力和荣耀靠诗自身的价值实现，诗之外的一切努力都是徒劳。

一切的虚荣，既不值得自豪，更无需羡慕。

古圣先贤，我们从没见过面，但他们散发着鲜活智慧精神、激情芳香的诗句把他们的名字深刻在我们的心灵深处，滋养着我们的精神，融入我们的肌体，成为我们行为的准则。

之 2075——　诗的隐喻是喻体本身天然地生发出无限情思的光芒，而不是靠所谓的牵强去附会一种虚无缥缈的幻象！

就像健康的人，自然地会浮现出健康的容光，散发出令人心醉的性魅力的生命芳香，而不是病体靠涂脂抹粉伪饰虚空，发出令人作呕的死亡气息！

之 2076——　喻体新旧是相对的概念，创作不是凭空臆想，它源自生活。

文艺批评，应有理有据，坦诚相告，发善意之心，开情操智慧之花，不是居高临下的无端指责、莫名其妙的胡言乱言。

山不扬高自威，水不浊蚀自清。

之 2077——　没有思想光芒的不朽闪耀，没有情感世界的真诚呵护，再火的文字，也是可疑的。

毒品升腾的狂欢，最终消耗的是生命的元气，留下的是一堆没有灵魂的白骨。

书本应成为人类进步的指路明灯，却在可疑文字的围剿里最终成为人困其中的陷阱！

因此对可疑文字的警惕，自查、自醒、校正，是每一位文字工作者应尽的最基本的义务！

之 2078—— 最准确、最充分、最富于感染力地表达出对人的命运、人的情感、人的思想呵护的文字就是最好的文字！

文字语言本身，无高下之分。

独特的发现，独特的感悟，独特的表达，就是创新。

新不是凭空的创造！

意象是思想情感升华的结果。

诗的讽与颂，无高下之分，虚假的讽与无耻的颂，同等恶毒！

人类只有不断地进行革命，荡涤尽一切污泥浊水，才能进步！

之 2079—— 思想的高度，决定作品的深度！

人类真正的文学，一定是人类进步的指路明灯！

之 2080—— 诗如果多一个字，少一句，甚至删去一段，加上一段，都不影响阅读，这样的文字是可疑的，它能称之为诗吗？

诗是人生情感思想的结晶，与其说是炼词铸句，不如说是提炼人生！

之 2081—— 诗的最高境界就是质朴，人类真正伟大的诗篇，哪一首不是质朴如泥土，滋养着人们的心灵！

但质朴不等于苍白，不等于胡言乱语，自说自话！

诗有着它必须具备的基本元素，这是必须掌握的，学习它非常重要，它是进入诗的圣殿必须经过的途径！

跋

赵跟喜

文爱艺说“诗是生活的结果，智慧的结晶”，信然。

《夜歌》是他诸多诗集中的惟一同名诗集，也是他已出版的第62部诗集。爱艺少年时就曾出版过一本诗集，亦名《夜歌》。

关于诗，诗论，古人金声玉振，早有定论。中国诗歌历史有三千年之久，为新诗之基。新诗以白话为体，迄今恰值百年，虽波光弥泛，回折佻荡，毕竟新生之物，颇多折磨，然千古诗心，汇成一脉，制属新声。

读《夜歌》，入佳境，遂幻觉李贺访友，常瘦驴白雪，自京都夜归昌谷，秉烛长吟。每旦日出与诸公游，未尝得题然后为诗。恒从小奚奴（男仆），骑距驴，背一古破锦囊，遇有所得，即书投囊中。此即所谓苦吟也。

爱艺的诗多为短句，不扯羁，少绘饰。他的诗话亦箴言隽语。每诗每语，灯下吟得，似一兜橄榄，嚼之有味。

爱艺为诗，真诚其心。他的诗是雨花石，晶莹，光彩。他从生活原点出发，执守良心，执守诗歌，从少年至今，盘踞初衷，不坠意志。

他是诗人、作家，也是翻译家，广受古典文学之熏陶，又深谙西方诗歌，写诗不浮世，青眼爱美，白眼向丑，如嵇叔夜之锻铁，砧上红焰，锤之火花四溅。诗缘乎情，情真，人性也，古今中外，概莫能外。今人以某派、某主义称，失其人性美善之本旨，虽派存，主义存，诗亡也。诗人之心应是透明清澈，其作品，如影在水，无所遮蔽。爱艺秉其旨。

诗乃心声，弦歌讽喻，天地之心，如前人所言，心中猛然一惊一鸣是也。至于冷峭，慧质，情仇怨艾，化文焰为平和，趋近老庄之境，探奥宗教之精神，其当与艺术表现同，皆为真善美之广宇，无始无终。诗人首发其心，读者知之和之，锦瑟夔鼓，漉沙见金，作者自由，读者自由，为大雅之和声。

诗乃文学皇冠之明珠，闪烁人类灵魂之光彩，亦为投枪匕首，匡正祛邪之利刃。今吐旧布新之时代，曾几何时，诗歌被尘不显，或踟躇于街衢，或浪迹于乡野，其窘况不堪，孰之过？

时代乎，诗人乎，诗乎？难有结论，好在诗人如爱艺者，薪火相传，仆继不辍，诗之幸也。

诗灵性物，应心而生，时维三月，百卉列奇，爱艺之新著，行将付梓，名为《夜歌》。

其诗，诗语，是榛莽丛布的荒野上盛开的鲜葩，果实丰硕，正可采撷。

二〇一七年四月二十六日于洛阳涧尾居

文爱艺，当代著名作家、诗人、翻译家，中国作家协会会员。生于湖北省襄阳市，从小精读古典诗词，十四岁开始发表作品。

著有《春祭》、《梦裙》（2版）、《夜夜秋雨》（2版）、《太阳花》（9版）、《寂寞花》（4版）、《雨中花》（2001—2002）、《病玫瑰》（2003—2004）、《温柔》、《独坐爱情之外》、《梦的岸边》、《流逝在花朵里的记忆》、《生命的花朵》、《长满翅膀的月亮》、《伴月星》、《一帘梦》、《雪花的心情》、《来不及摇醒的美丽》、《成群结队的梦》、《我的灵魂是火焰·文爱艺抒情诗选集（1976—2000）》、《像心一样敞开的花朵·文爱艺散文诗选集（1976—2000）》、《文爱艺爱情诗集·玫瑰花园》、《文爱艺诗歌精品赏析集》（全三卷）、《文爱艺抒情诗集》（全三册，包括《追逐彩蝶》《断桥边的红莲》《白雪唤醒的纯洁》）、《文爱艺抒情诗集》、《文爱艺散文诗集》、《文爱艺爱情诗集》（10版·插图本）、《文爱艺诗集》（11版·插图本）、《文爱艺全集》（诗1—4卷·数字版）等60多部诗集，深受读者喜爱，再版不断。

部分作品被译成英语、法语、世界语等。现主要致力于系列小说的创作。

译有《勃朗宁夫人十四行爱情诗集》（插图本）、《亚当夏娃日记》（10版·插图本）、《柔波集》（插图本）、《恶之花》（9版·全译本·赏析版·插图本）、《风中之心》、《奢侈品之战》、《沉思录》（6版·插图本）、《箴言录》（6版·插图本）、《思想录》（插图本）、《古埃及亡灵书》（2版·灵魂之书·插图本）、《小王子》（2版·插图本）、《一个孩子的诗园》（8版·插图本）、《天真之歌》（插图本）、《经验之歌》（插图本）、《亚瑟王传奇》（2版·插图本）、《墓畔挽歌》（2版·插图本）、《老人与海》（3版·插图本）、《培根随笔全集》等经典名著及其他著作。

编著有《离骚》、《天问》、《九歌》、《九章》、《九辩》、《兰亭集》（2版·插图本）、《绝句》、《花之魂》、《中国古代风俗百图》（2版·插图本）、《道德经》、《金刚经》、《心经》、《茶经》、《酒经》、《草书·元鲜于枢书唐诗》、《行书·宋米芾天马赋》、《诗二十四品》、《孟浩然全集》、《陈子昂全集》、《中国时间》、《中国病人》、《静心录》、《净心录》、《洗冤集录》、《经典书库》、《新诗金库》、《品质书库》、《品质诗库》等书。

另出版有《当代寓言大观》（4卷）、《当代寓言名家名作》（9卷）、《当代寓言金库》（10卷）、《开启儿童智慧的100个当代寓言故事》等少儿读物。

所著、译、编图书，连获2015年（首届）、2016年“海峡两岸十大最美图书”奖，连获4届及2015年、2016年、2017年“中国最美图书”奖。《文爱艺诗集》获“世界最美图书”奖。

共出版著述200余部。

图书在版编目（C I P）数据

夜歌：文爱艺诗集 / 文爱艺著 . -- 杭州：浙江人民美术出版社，2018.2
ISBN 978-7-5340-6259-9

Ⅰ . ①夜… Ⅱ . ①文… Ⅲ . ①诗集—中国—当代
Ⅳ . ① I227

中国版本图书馆 CIP 数据核字 (2017) 第 254531 号

著　　者　文爱艺
书籍设计　瀚清堂
责任编辑　许诺安　谭佳妮
责任校对　余雅汝　谢沈佳
责任印制　陈柏荣

夜歌：文爱艺诗集

出版发行　浙江人民美术出版社
地　　址　杭州市体育场路 347 号
电　　话　0571-85176089
网　　址　http://mss.zjcb.com
经　　销　全国各地新华书店
制　　版　南京瀚清堂设计有限公司
印　　刷　北京雅昌艺术印刷有限公司
开　　本　787mm × 1092mm　1/24
印　　张　19.25
字　　数　20 千字
版　　次　2018 年 2 月第 1 版 · 2018 年 2 月第 1 次印刷
书　　号　ISBN 978-7-5340-6259-9
定　　价　360.00 元